간추린 자서전

간추린 자서전

© 김대규 2019

초판 인쇄 2019년 3월 19일
초판 발행 2019년 3월 24일

지은이   김대규
펴낸이   장호수
북디자인   김은숙

인쇄   (주)금강인쇄
펴낸곳   도서출판 시인
         등록번호 제384-2010-000001호
         등록일자 2010년 1월 11일
         13992 경기도 안양시 만안구 안양로 320번길 20(안양동) B동 2층
         Tel 031-441-5558 Fax 031-444-1828
         E-mail : siin11@hanmail.net

ISBN 979-11-85479-22-4

이 시집은 유족과 제자들의 도움으로 제작하였습니다.

간추린 자서전

김대규 유고시집

시인

| 일러두기 |

한글맞춤법은 국립국어원 표준국어대사전에 따랐으며 원문의 의미를 살리기위해
저자 원고 그대로 두기로 하였습니다.

유고시집

열다섯 번째 시집을 간행하려고 하니
몸은 앞서 '유고시집'이라고
'시인의 말'에 쓰라 하고,
마음은 글쎄, 글쎄만 되풀이 한다.

몸이 마음을 이끌면
자꾸 뒤돌아만 가려 하지만,
마음은 몸을 어느 새
선산先山의 어느 한 곳을 서성이게 한다.

마음으로서는 글보다 삶이 진짜 컨텐츠인지라
마지막 묘소가 진정한 유고시집이라고 생각하고 있다.

| 차례 |

1 _ 외로움의 향기

2 _ 섬 그리고 자연

3 _ 詩가 내게 말했다

4 _ 늙은 시인의 말

1

외로움의 향기

근황 近況

어떻게 지내냐구요?

겨울잠 동물처럼 내 자신 속에 깊이 파묻혀 살아요.
사실은 흙의 시를 많이 써온지라
지금까지 흙에 파묻혀 살아왔지요.
세상소리 덜 들릴수록 사람이 그립데요.
그렇다고 두문불출은 아니예요.
눈이 오면 대문 밖까지 쓸고
기증본의 감사엽서 부치러 시내 우체국에 다녀오거든요.
육신엔 병이 집안엔 우환이 겹쳐도
시 쓸 때만은 참 행복해요.
그 한마디 말 찾기란 운명 같아요.
잘못 만난 말들은 사람보다 쉽게 헤어져요.
나이 좀 드니 사람 이름 먼저 잊혀지네요.
소월은 가장 마지막까지 남을 거예요.
이제야 시가 내게 과분한 축복이었음을 깨달아요.

그런데 참 어떻게 지내시죠?

나무 많은 집

　우리 집 정원에는 나무가 참 많습니다.

　그래서 사람들은 '나무 많은 집'이라 부릅니다. 아무래도 새들이 소문을 퍼뜨렸을 것입니다. 택배 아저씨도 '나무 많은 집'이라면 금방 찾아옵니다.

그리고 우리 집에는 눈에 뵈지 않는 나무가 딱 한 그루 있습니다. 바로 내가 평생 가꿔 온 '시의 나무'입니다. 어쩌다 담장 너머에서 "이집 주인은 시인이래."라는 말소리가 들리기도 합니다. 그들의 눈에도 '시의 나무'가 간혹 보이기도 하나봅니다.

　그런데 말입니다. 태어난 이 집터에서 73년째 살고 있으니, 이젠 나도 뿌리를 내린 한 그루 나무가 된 게 아닐까요.

　이래저래 우리 집은 '나무 많은 집'인 것입니다.

내 가슴을 가장 뛰게 하는 말

사랑이라는 말에
가슴이 뛰었었지.

어머니라는 말은
지금도 가슴을 뛰게 하지.

그러나 가장 오랫동안
내 가슴을 뛰게 한 것은
'안양'이라는 말.

내 고향 안양
그 말 속엔 이미
사랑과 어머니가 들어 있으니까.
그리고 안양은
내가 영원히 잠들 곳이니까.

가래를 뱉어내는 법

가래가 끓으면 숨이 차다.
우선 헛기침 몇 번으로 숨을 고르고
바닥난 우물에 펌프질 하듯
유전 탐사 시추를 하듯
아랫배에 힘을 잔뜩 모으고
이판사판으로 끌어올릴 것.

막장의 시커먼 석탄 뭉치 같은,
노다지의 싯누런 금덩이 같은 가랫덩이가
세상 밖으로 튀어나올 땐
그 얼마나 시원. 통쾌한가.
민중시란 바로 그 가랫덩이다.

대저 나라의 가랫덩이도 그러하거늘
민심이 숨차게 뒤끓는 것은
대통령이 가래를 못 뱉어내기 때문이다.

犬公 vs 公犬

나는 날마다 세 끼 밥을
우리 집 犬公에게 공양한다.
약에 쓰려면 없다는 똥도 매일 치운다.
쉬운 일이 아니다. 정성이다.

아내는 자기를
개처럼만 위해 달란다.
그럼 개 같은 여자가 되겠느냐고
나는 농을 한다.

아니다. 그게 아니다.
개만도 못한 사람들 따로 있다.
일용할 양식은 매양 받아먹으면서도
무시로 주인을 물어대는 자들,
4년마다 한 번 잠깐 스스로 목줄을 감고
입으로 똥을 싸대는 公犬들
그걸 치우느라고 우린 얼마나 공적자금을 투입했나.

개 팔자 보다 더 상팔자인

그 公犬들에게 지지 말라고
나는 악착같이 우리 집 犬公을 공양한다.
아내여, 그 속내 좀 알아다오.

그분

지난 일요일
아내가 성당에 갈 때
우스갯소리 삼아
그분께 안부 좀 전해 달라고 했다.

아내가 돌아와선
그분이 고맙다고 하시며
성당에 한번 놀러오라고 하셨단다.

아, 그러고 보니
그분을 직접 뵐 날도
그리 멀지 않았구나.

그 소나무

 내 어린 시절, 어쩌다 부모님한테 야단을 맞으면, 으레 찾아가는 곳이 있었다. 뒷동산의 소나무 밑, 나는 그 소나무에 기대 앉아, 주변의 잔돌들을 주어 던지며 공연한 서글픔을 달래곤 했다.

 이젠 나도 어린 아이에게 야단칠 나이는 두어 번 지났고, 그 소나무 있던 자리엔 아파트가 들어섰다.

 나는 괜히 그 아파트의 어느 방에선가는 옛날의 나처럼 야단을 맞는 아이가 있으리라는 생각이 든다.

 그런데 그 소나무가 없어졌으니, 그 야단맞는 아이는 어디로 갈까?

그리운 배달부

요즘의 집배원
옛날엔 배달부라 했지.
배달부가 대문 앞에서
"편지요!"라고 외칠 땐
그 얼마나 가슴이 설레던가.
그리움만한 양식이 또 있으랴.
보고 싶다는 한 줄만으로도
한 주일쯤은 넉근히 행복했지.

이제는 집집마다 우편함이 있어
"편지요!"는 메아리처럼 사라지고,
그나마 남은 몇 통의 편지도
핸드폰이나 이메일에 빼앗겨
우편함에 쌓이는 건
바겐세일 선전지나 세금고지서 뿐.

아, 그리운
그 옛날 배달부의 "편지요!"

나그네

갈 곳 없어도 떠나는 사람이
나그네다.
머무는 곳이 쉴 곳인 사람이
나그네다.

나그네는
길을 묻지 않는다.
나그네는
길을 잃지도 않는다.

늘 세상을 떠나면서
세상에 남아 있는 사람이
나그네다.
어느 날엔가는 보이지 않아도
무덤은 하나 남기는 사람이
나그네다.

나는 그날 실컷 울었다

앞을 못 보는
17세 소녀 김지선 양이
바이올린 켜는 걸 TV에서 보고
나도 모르게 눈물이 솟았는데,
며칠 후 똑같은 시각장애아인
11세 유지민 소녀가
피아노 치는 걸 보고서는
흐느껴 울기까지 했다
음악은 사람을 그렇게 잘 울리는가.

이목구비가 멀쩡한 채
반백 년 넘게 詩를 썼는데도
사람 한번 울려 보지 못한 게
그렇게 부끄러울 수가 없었다.

이래저래
그날 나는 실컷 울었다.

모성애

생전의 어머니는 평생을
식구들이 잠들어 있는 새벽에 일어나
아침밥을 지으셨다.

바로 그런 마음으로 나도
누군가의 한 끼 영혼의 밥이 되는
그런 시를 쓰고 싶다.

그럴진대
다른 사람들이 다 잠들어 있는 시간에
홀로 깨어 있어야 한다.

새삼 깨닫느니
시는 영혼의 모성애,
그 사랑의 모유로구나!

무제 無題

시든 장미는
두 번 장미.

꼬부랑 할머니는
세 번 여자.

한 번 죽음은
영원한 잠.

문병 間病

병상에 누워 있으니
세상 떠난 사람들이
가장 먼저 문병을 온다.
그들은 병실을 나서면서
자기들이 다녀갔다는 걸
아무에게도 말하지 말란다.

그 약속을 지키기가
참 힘들었다.

병이 깊었던 문병객들은
누가 다녀갔는지를 묻지 않는다.
이젠 누군가의 문병을 가면
나도 모르는 체할 것이다.

세상 밖 사람들 얘기는
세상 밖에 가서 할 일이다.

밤

밤은 언제나 가장 먼 곳에서 내방하는
오래 묵고 갈 손님처럼 찾아옵니다.
어머니가 저녁 식탁으로 불러들이는
자식들의 이름을 하느님도 알아듣습니다.
서로 이웃이라고 지저귀는 새들을
나무는 잘 알았노라고 다독거리고
늦도록 귀가하지 않은 아이의 등을
달빛이 자꾸 떠다밉니다.
세상을 먼저 떠난 아버지가
주방 문턱에서 서성이는 걸
어머니가 약간 눈치를 챕니다.
개에게도 일용할 양식이 주어지고
아이들은 제각끔 일기를 씁니다.
하루의 잘잘못을 되짚어 보며
잠을 청하는 가족 곁에
하느님도 슬그머니 함께 눕습니다.

방황

발을 헛디딘 빗줄기가
물방울을 더 튀긴다.

봄의 초대장

아,
이젠 봄이예요.
창을 열고 환호하는 아내의 목소리에
새소리가 화답한다.

어서 가 보세요.
所望의 꽃봉오리가 텄을 거예요.
저 어둡고 길었던 忍冬의 땅 밑
갈등으로 뒤엉켰던 뿌리로부터
애증의 수액에서 미움은 걸러내고
파아란 그리움들만 틔웠어요.

여인들의 속살이
층계처럼 드러나는 봄.
마음은 자꾸 外出을 서둘러요.
아무도 마중하는 이 없어도
우리, 봄 축제에 함께 가요.

어머니 품 같은 들길을 내달려

얼싸 뒹굴고 풀냄새 뺨 비비며
가슴 활짝 두 손 벌려
내일을 한아름 보듬어요.
아지랑이 추억커튼 뒤에선
당신이 자꾸만
사랑한다고 속삭이고 있어요.

아, 이젠 정말 봄이예요.

빛과 그리고 그림자

콩크리트 담벽
한 틈바귀에서
이름 모를 새싹이 돋아나고 있다.

콩크리트 담벽
한 모퉁이에선
이름 모를 노숙자가 잠들어 있다.

수술

삼차신경통으로 뇌수술을 받았다.
나이 70에 뇌수술이라니.
식구들의 걱정은 '혹시'였지만
나는 다른 건 다 제쳐 놓고
시만 다시 쓸 수 있었으면 했다.

하루를 딴 세상에 가 있다가
이승으로 되돌아오자마자
먼저 시부터 써 봤다.

이게 처음 쓴 시다.
이 한 편으로 나는 재등단한다.

술꾼과 하느님

술 취한 사람
하나
비틀거리며 밤길을 간다.

세상이
너무 망가진 옷가지 같아
지그재그로 기움질하며 간다.

때로는 삿대질로
누군가를 원망도 하지만,
뒤돌아보는 자신의 役事가 심히 즐거운지
마침내 그 자리에서
아담보다 깊은 잠에 든다.

하느님이 내려다보시며
여자 하나 새로 만들어줄까 하시다가
행여 잠을 깰라 그만 두신다.

슬픔은 츄잉껌처럼

은박지야,
너는 그때 아주 어렸었어.
껌의 본명은 '끔'이었지.
새 끔을 씹어보는 게 우리들의 꿈이었어.
하루 종일 질겅질겅 씹다가
잠자리에 들 때는
문기둥에 살짝 붙여 놓고
잠이 깨자마자 떼내어 입에 넣었지.
불결하다고?
그 끔을 씹고서
아직까지 꿈을 잃지 않고 살아온 거야.
네가 싸고 있는 게 바로 그 꿈이야.
씹고 또 씹던 그 서글픈 그리움
단물만 쏙 빼먹고 등을 돌리는 건
요즘 사람들 얘기지.
우린 그때 단 맛이 아니라 꿈을 씹은 거야.
네가 아주 어렸을 때 얘기지,
은박지야.

야단맞는 아이들

나는 아버지에게
어려서부터 甲年을 넘기기까지
꾸중을 들으며 살았다.
일찌감치 시인이 될 터였으니
시인이 하는 일 치고
야단맞지 않을 일이 있으랴.

그래서 힘 있는 자에게 야단맞는 사람들,
돈 많은 자에게 야단맞는 사람들을
잘 덮어 주려고 '흙'의 시를 썼다.
나의 시에는 무덤이 참 많다.

아버지에게 야단맞은 시인은 끝내
야단치는 사람을 야단치는 시를 쓰게 된다.
아버지를 야단칠 수는 없어
대신 대통령을 야단칠 수밖에 없다.
그러나 시는 결코 야단치는 게 아니다.
야단칠 사람까지도 품에 안아야
큰 시인이 된다. 그게 어렵다.

아버지에게 야단맞던 때보다
야단칠 대통령이 없어질 때가
더 그립다.

어머니

그 옛날 어린 시절
저녁때마다 대문 앞에서
내 이름 크게 부르시며
밥 먹으라고 소리치시던 어머니.

"엄마, 조금만 더 놀고 갈게."

이제 내 나이도
인생의 저녁 어스름.
어디선가 날 부르시는
어머니의 목소리가 들리는 듯하다.

"어머니, 詩 조금만 더 쓰고 갈게요."

외로움의 지수指數

2012년 2월 23일 현재
내 시의 미발표 원고내역은
다음과 같다

한국현대시인 실명시 600여 편
연작시 '섬' 250여 편
단시 모음 150여 편
형태주의 실험시 60여 편
우화시 50여 편
일반시 50여 편

이만한 재고품목이면
詩의 재벌이 아닐까.

다만, 여기에
내 외로움의 지수는 기록하지 않았다.

외로움의 향기

　다른 시인들은 무슨 생각을 하면서 시를 쓰는지 궁금해서 문예지의 시들을 유심히 읽어본다. 약간의 말재간을 부렸거나, 남들을 놀라게 하려거나, 일부러 어렵게 쓴 것 같은 시들이 주로 눈에 많이 띈다.

　나하고는 생각들이 참 다르다. 나처럼 세상에서 멀리 파묻혀 사는 시인의 시는 금방 알아볼 수 있다.

　거기에서 외로움의 향내가 난다.

잠자리

정원 의자에 앉아 있으려니
잠자리 한 마리 날아와
내 무릎에 앉는다.

나는 벌 받는 초등학생처럼
꼼짝 않고 있는다.

이싸(一茶)는 반딧불이하고 통성명을 했다던가*
그래서 나도
"나, 시인 김대규야." 했더니
그걸 어떻게 믿겠느냐는 듯
머리를 갸웃갸웃 하더니
훌쩍 날아가 버린다.

(고얀 놈의 잠자리 같으니라구!)
입 밖에는 내지 않은 말이다.

*이싸는 '올해의 첫 반딧불, 왜 바보처럼 도망가니? 나 이싸야!'라는
하이꾸를 남겼다.

전립선암 수술 후

기저귀 차고 사노라니
늙어서 되찾은 영아기嬰兒期

하루 종일

하루 종일 비가 내렸다.

예전엔 "비가 내렸다"가 좋았는데
요즘엔 "하루 종일"이 더 좋다.

하루 종일
아무도 찾아오지 않았다.
하루 종일
혼자서 술을 마셨다.
하루 종일
전화벨 소리도 한번 울리지 않았다.

하루 종일
이 세상 사람이 아니었다.

비가 내렸다, 하루 종일

향수 鄕愁

나는 평생
고향을 떠나보지 못했다.
'그리움' 하나를 잃어 버렸다.

효 孝

자식이 늙으신 부모님을
업어드리는 모양의 '孝'자를 보면
왠지 가슴이 저려 온다.

왜이긴 뭐가 왜인가.
생전에 한 번도
업어드리지 못해서 그렇지.
그 돌이킬 수 없는 후회에
안 계신 부모님이
등에 더 무겁다.

그런데 어디선가 들려오는
부모님의 목소리
"얘야, 너무 마음 아파하지 마라."
부모님은 세상을 떠나시고도
자식 걱정을 하신다.

오, 야단치실 때가 더 그리운
아버님, 어머님이여!

2

섬 그리고 자연

창세기 —섬 1

너희들은
창세기創世記를 읽지만
우린
창세기를 겪었어.

다 입 다물어!

등대 —섬 2

바다가 고요할 땐
로맨티스트.

폭풍이 몰아치면
레지스탕스.

이별 —섬 3

떠나야 사람이다.

헤어져야 사랑이다.

홀로 돼 봐야 섬이다.

무인도 —섬 4

오지 마라
오지 마라

왼종일
파도의
손사랫짓

거리 —섬 5

너는 거기.

나는 여기.

담배 —섬 6

바위섬에 앉아
담뱃불을 붙이니
바람이 혼자 다 피운다.

줄임말 —섬 7

그리움→그림→글
서러움→설움→섬

요 주의要 注意 一섬 8

"야, 섬이다!"

"어이쿠, 인간들이다!"

정말 그렇다 —섬 9

섬 밖으로
나가보지 못한 섬사람은
섬을 영영 볼 수 없다.

두개의 섬 —섬 10

수평선수평선수평선수평선섬수평선수평선

바다바다바다바다바다바다바다
바다바다바다바다바다바다바다
바다바다바다바다바다바다바다
바다바다바다 섬 바다바다바다
바다바다바다바다바다바다바다
바다바다바다바다바다바다바다
바다바다바다바다바다바다바다

외로움 —섬 11

'외로움'만한 넓은 섬이 있으랴
평생을 돌아다녀도
그 끝에 이르지 못한다.

파도 —섬 12

바닷가 모래 위에
'섬'이라고 쓴다.

그러면 너는 그런 데 있으면 안 된다고
파도가 얼른 쓸어안고 간다.

섬 13

모여 있지 마

서로 떨어져 있어.

그래야 우린 섬이야.

조각전시회 —섬 14

바다 안개가
쫘악 걷히고 있다.
섬이 보이기 시작한다.

짜잔!
수상水上 조각전시회 개막식.

신神 ─섬 15

신은
지구를 만들고 후회했다
인간을 만들고는 더 후회했다.

섬을 만들고서야
마음이 풀렸다.

고독 ―섬 16

고독은 방문하기는 좋아도
머물기는 언짢은 곳이라고
H. D. 소로우는 썼다.

그는
섬에 가본 일이 없다.

다시 무인도無人島 —섬 17

무인도에 올라
섬에게 물었다.
내가 처음이냐고.

섬이 대답했다.
아니라고,
이생진 시인이 다녀갔다고.

혐오증 —섬 18

섬을 자주 찾는 사람은
세상이 싫은 것이고

섬에 가서 사는 사람은
사람에 지친 것이다.

귀향 —섬 19

홀로 섬을 떠난 처녀
세월이 흐른 뒤
등에 아기 하나,
손에 아이 하나 데리고 온다.

독서 ─섬 20

바다는
물 두루마리 책이다.

바람이 읽으라고
펼쳤다 말았다 한다.

가을

폴 발레리가
자꾸만
풀벌레로 읽히고
귀뚜라미 울음소리는
가을소리 잘 들으라고
'귀 뚫어, 귀 뚫어!' 처럼 들린다

가을 유정有情 1

'귀뚜라미'라고 쓰면
금방 운다.

가을 유정有情 2

가을엔
앞마당을
말끔히 쓸지 않는다.

낙엽
몇 잎은
그대로 놔둔다.

마음 깊은
외로움에
그리움 몇 점 감돌 듯이.

귀뚜라미 1

한 마리 제비는
봄의 대변자가 못 되지만
귀뚜라미 한 마리는
너끈한 가을의 선포자다.

울음 때문이다!

아이 하나가 울면
세상의 모든 어머니가
귀를 모으듯,
지닌 것은 다 놓고 가라는
귀뚜라미의 울음소리에
닫혔던 귀가 열린다.

이윽고 가을이
우는 아이의 어머니와 함께
멀리 떠날 채비를 한다.

귀뚜라미 2

귀뚜라미야
네 울음 속에도 있느냐,
"너 때문에!"가.

매미

평생 울고만 살았다고
너무 나무라지 마십시오.

허물만은 벗고 떠나고자 합니다.

파리 1

문학상 시상식이 진행되고 있었다.
파리 한 마리가 날아들더니
하필이면 내 주위에서만 맴돈다.
손을 휘저어 쫓아도 또 날아든다.

그렇지, 나는 시골 태생
내게서는 흙냄새가 나겠지.
아니, 더 정확히 말하자면
人糞 냄새를 맡은 게 아닐까.
파리가 금새 귀찮지 않았다.
파리나 나나
제 조상의 本을 수호하고 있는 것이다.

파리 한 마리가 이렇듯 고집스럽게
도시와 농촌을 가르다니.

파리 2

파리야
내게 그렇게 빌지 마.
나는
잘못이 더 많단다.

3

詩가 내게 말했다

나무詩

한 편의 나무詩를 얻으려면
지상의 나무란 나무는 모두
네 마음속으로 옮겨 심어야 한다.
옮겨 심는 한 그루마다
한 편씩의 나무詩를 써봐야 한다.
그러면 그중에 쓸 만한 게 나올지도 모른다.
연후에 옮겨 심은 마음속 나무들을 모두
다시 지상으로 되돌려 보내면서
또 한 편씩의 나무詩를 써야 한다.
그러면 더 나은 걸 반드시 얻을 것이다.
마침내 마지막 한 그루까지 내보내고
그 빈자리에 네 자신이
한 그루 나무로 서 있어 보라!

그제서야 나무詩는 완성된 것이다.

내통內通

　봄과 내통하지 않고서야 어찌 언 땅이 새싹을 위해 몸을 열어주랴. 무릇 시인이란 언어와 내통하는 사람. 그러나 온갖 감언, 갖은 교태에도 언어는 끝내 내의를 벗지 않는다. 지금까지 詩의 전라全裸를 본 사람은 아무도 없다. 그래도 치부를 보았다는 소문의 몇몇은 발설금지! 그 가슴앓이로 요절을 했다.

　하느님과 내통했다는 소문도 이와 대동소이하거니와 발설금지가 없었음에도 딱 한 사람만 요절했음이 다르다.

노을과 낙엽

노을은
하늘의 절명시絶命詩.
낙엽은
나무의 사세구辭世句.

눈사람

눈이 참 많이 내렸다.
50여 년만에 처음으로
눈사람을 만들었다.

며칠 묵고 갈
먼뎃 손님 오셨다고
아내가 기껍게 맞이했다.

나무팔을 달아 줬더니
나를 덥석 껴안고
유년시절로 데려 갔다.

세상을 이미 떠난 애들까지
거기 모두 모여
눈사람을 만들고 있었다.

멜랑콜리 한 다발 —노랫말 삼아

기분이 우울할 땐
꽃집에 들러
장미꽃 한 다발 사들고 나와
만날 사람 있는 양
휘파람 불며 간다.

　— 오, 화사한 서글픔의
　　멜랑콜리 한 다발.

저녁놀 비끼는 강가에 앉아
장미꽃 한 송이씩
손을 흔들며 띄워 보낸다.
내가 갈 수 없는
아주 먼 곳으로 가거라.
나를 떠난 그 사람보다
더 멀리 아주 멀리.

　— 오, 화사한 서글픔의
　　멜랑콜리 한 다발.

못

천지사방 못 박는 소리만 들립니다.
여의도 쪽 못질 소리가 가장 시끄럽습니다.
하느님이 들으시기에도 심히 불편하십니다.
너 죽어라, 쾅! 너 죽어, 쾅! 쾅!
말 한 마디로 모두 처형됩니다.
그러나 금방 되살아납니다.
이 나라엔 예수가 참 많습니다.
웬만한 망치질은 다 헛탕입니다.
더 큰 못, 더 큰 망치가 자꾸 생겨납니다.
작고한 대통령들 시신에서
가장 큰 못들이 나왔다는 후문입니다.

별동별처럼

별똥별처럼
단 한 줄만으로
더 이상의 絶句는 없다 싶은
그런 시는 못 쓸까.

별똥별처럼
단 한 번만으로도
더 이상의 뜨거움은 없다 싶은
그런 삶은 못 살까.

별똥별처럼.

詩 나그네

한 편의 시를 마무리 하면
그 詩마을에서
다른 詩마을을 찾아 떠난다.

詩마을들은 거의
세상과는 좀 떨어진 곳에 있어
찾아가기가 그리 쉽지 않다.
언제나 길을 잃고 헤매게 마련이다.

그나마 새 詩마을에
말(言語) 인심이라도 후하면
시를 굶기지는 않을 수 있다.

詩 나그네는 항상
세상 밖 먼 곳을 간다.

詩가 내게 말했다

詩가 내게 공부는 하지 말라고 했다.
담배도 피우고, 술도 마시라고 했다.
머리도 자주 깎지 말라고 했다.
자길 위해서만 밤을 새워보라고 했다.
그래서 그렇게 해봤다.

詩가 돈에서는 멀리 떨어져 있으라고,
정치는 가까이 하지 말라고,
等에는 끼지 말라고,
그러니 서울에는 가지 말라고 했다.
그래서 그렇게 해봤다.

요즘에는 병은 잘 아파야 한다고,
죽음과는 친하게 지내라고
詩가 내게 말한다.
그래서 그렇게 해보려니 참 어렵다.

詩가 저기 있다

시골길을 물어물어 찾아가 보신 적이 있으신지, 한결같이 조금만 더 가면 된다고 한다. 조금만 더 가도 또 조금만 더다.

내 일찍이 시녀詩女*에게 홀려 무작정 집을 나서며 詩가 어딨냐고 물으니 저기라고 일러준다. 그래, 저기로 가자. 그 저기를 찾아 헤매느라 몇 번을 제 자리로 되돌아 왔던가. 그러기를 50여 년. 이젠 좀 가까이 왔을 성싶어 다시 물으니 조금만 더, 저기!

*'뮤즈'를 일컬어 본 조어造語임.

詩란

詩란 물 같아서
넘쳐나야 흐르리.
詩란 나무 같아서
때가 돼야 꽃을 피우리.
詩란 무지개 같아서
잡으려면 물러서리.

詩란 여행 같아서
서두르면 안 되리.
詩란 사랑 같아서
다 못하고 떠나리.

詩란 죽음 같아서
말로는 못 미치리.

詩를 어떻게 쓰느냐는 질문

움베르트 에코는 소설을 어떻게 쓰느냐는 질문에 이렇게 대답했다.
"왼쪽에서 오른쪽으로."

나는 그 동안 詩를 어떻게 쓰느냐는 질문에 한 마디로 대답했다.
"쉽게."

그러나 나도 에코처럼 다소 능청을 떤다면 이렇게 대답할 것이다.
"손으로."

누가 질문 좀 해주시겠습니까?

詩의 탄생

깊은 겨울밤 저수지 얼음이
더 단단해지기 위해
쩌엉 쩡!
그렇게 아파하는구나.

꾸르릉 꾸릉 꾸르릉
천둥은 또 그렇게 거듭거듭 앓다가
삐지직 번쩍!
빛을 얻어내는구나.

詩의 탄생이 바로 그러하거늘
내 가슴은 그 동안
얼마나 쩌엉 쩡 울었고,
내 영혼은 그 얼마나
삐지직 번쩍 세상을 밝혔던가.

시인

시인이란
사물이 말을 건네는 사람이라고
일찍이 J. 러스킨이 말했다.

새소리, 빗소리, 파도소리에
자동차며 TV며 총이 건네는 말은 다 들었지만,
평생 흙의 시를 썼는데도
흙은 한 마디 말도 건네지 않았다.

그래서 내가 먼저 말을 걸고
시인이란
사물에게 말을 건네는 사람이라고
바꿔 생각하기로 했다.

아니, 잠깐! 흙이 되어야
흙의 말을 알아들을 수 있는 게 아닐까.
그렇구나. 나는 순간 흠칫했다.
나도 이제 흙이 될 때가 다 되었구나!

별안간 지상의 모든 흙들이
한꺼번에 말을 걸어온다.
바람이 피식 웃으며 지나간다.

詩作노트

K.샤피로는 내가 좋아했던 미국시인. 대학 시론강의시간에 조병화 선생님으로부터 그가 했다는 말을 전해 들었다.

"그 옛날 흑인노예들이 땀흘려 하던 일을 이젠 기계가 대신한다. 그러나 그 기계가 흑인영가를 대신 불러주지는 못한다."

그때 받은 감동이 나의 삶과 문학을 이끌어 왔다. 나의 '반 문명시反文明詩'는 그로부터 시작된 것이다.
내 가슴속에는 지금도 흑인 한 사람이 살고 있다.

아물아물

어디서 만났던가
아물아물하다.

어디서 읽었던가
아물아물하다.

어디에 썼던가
아물아물하다.

어떻게 살았던가
아물아물하다.

세월은 마춰제다.

아파트

나는 아파트가 싫다
'등等'에 섞이기 싫어서

홀로일수록
세상 모든 사람들과
더불어 살 수 있는 것

그러나 나는 아직까지도
그 '홀로'가 되지 못했다.
내 속에 숱한 '나'들이 들끓는다

그러니까 나는
그 '나'들의 아파트다

여의도 시창작 교실

나는 아버지의 꾸지람에도
한 마디 대꾸도 못하고 살아서
할 말을 잘 감춘다.
그래서 뜻을 잘 숨겨야 하는
시인이 됐나 보다.
어려서 훔친 돈도
지금까지 잘 감추고 있다.

드러나야 잘난 줄 아는 정치가들은
말도 돈도 잘 감추질 못한다.
어려서 아버지에게 곧잘 대들었거나
어머니 돈지갑을 수시로 뒤졌나보다.
언제나 나요, 나! 돈, 돈, 돈!이다.
그들에게 詩를 가르쳐야 한다.

여의도에 시창작 교실을 개설해야겠다.

여정

사람이
사람에게 가는 길이
가장 멀다.

오래된 약속

편운재로 강연하러 가기 전날 밤
아내가 신병으로 몸져누웠다.

어느 편을 선택해야 할 지
한동안 R. 프로스트의 말처럼 머뭇거리다가
결국은 그 말의 주인처럼
강연 약속을 지키기로 했다.

안성으로 달리는 차창에
아내의 얼굴이 자꾸 어른거렸다.

아, 그렇구나!
강연 약속은 한 달 전쯤의 일이지만
우리는 50년 전에
사랑을 약속했지.

참 오래 된 선약.

그래, 나는

70세 시인으로 집을 나섰지만
20세 청년으로 귀가할 것이다.

율리시즈 같은 사람

제임스 조이스의 『율리시즈』
완역본을 한 권 샀다.
큰 판형에 1,323쪽이나 된다.

그걸 읽지는 못하리라.
사실대로 말하건대
우리 집에도 『율리시즈』가 있다는
말을 하기 위해 샀으니까.

사람 중에도
곁에만 있어주어도 좋은
그런 사람이 있다.
바로 율리시즈 같은 사람.

잊지 못할 축사

어느 해였던가, 봄날
안성군 양성면 난실리 337번지에서
조병화 문학기념관 준공식이 거행됐다.
내빈석에는 마을 노인들도 보였다.
문화부 장관의 축사는
무슨 국장인가 대독을 했고,
안성 군수의 축사 때쯤 해서
아래 밭두럭에 매놓은 소가
한 말씀 거들겠다는 양으로
이따금씩 음머, 음머 했다.
편운 선생의 답사도 이젠 잊혀졌지만
그날의 주빈은 아무래도 그 牛公이었다.

그날 서울서 온 내빈들은 모두
소 한 마리씩 끌고 上京했다.

자장가

인류 평화의 절반은
UN이 아니라
'어머니'가 있어 유지된다.

그 나머지 절반의 절반은
'노래'가 있어서가 아닐까.

어려서 어머니의 자장가를
듣지 못하고 자란 어른들이
不和를 일으킨다.

그러니 시인들아
자장가의 노랫말을 잘 써보자.
그 궁극에 있어, 詩란
'영혼의 자장가'인 것이다.

장미가 말하기를

그게 말이에요
라이너 마리아 릴케는요
가시에 찔려 죽은 게 아니라고요
내 향기에 취해서
그냥 잠든 거라니까요

정원수사학

정원 나무그늘에서 시상을 고르노라니
새들은 말보다 노래라고 지저귀고
나무들은 그래도 의미의 열매는 남겨야 한단다.
꽃들의 미사여구를 한 줄의 허구로 흔드는 바람
소나기 한 차례 고딕체로 지나간 후
교정본 같은 잔디밭이 오자誤字를 드러내면
구름이 부단한 변용의 퇴고를 종용하고
가려졌던 해가 나와 한꺼번에 윤문潤文을 한다.
정원 나무그늘은 문학교실이다.
오늘 밤 달은 명문名文을 얻겠다.

청소

요즘은 집안 청소를 할 때마다
초등학교 때 국어책에 있었던
한 대목이 자꾸만 떠오른다.

"오늘 청소는 만점이오.
 이젠 돌아가도 좋소."

그러고보니
시란 언어로 하는 마음 청소였구나.
그러자 대뜸 어디선가 들려오는 소리.

"무슨 청소를 그렇게 하오.
 다시 하시오!"

4

늙은 시인의 말

간추린 자서전

열심히 마셨고, 열심히 피웠다.
열심히 읽었고, 열심히 썼다.
열심히 사랑했고, 열심히 방황했다.
열심히 홀로였고, 열심히 외로웠다.
열심히 아팠고, 열심히 거듭났다.
열심히 살았고, 열심히 죽는다.

간단하다

먹은 만큼
나온다.

마신 만큼
취한다.

읽은 만큼
쓴다.

산 만큼
죽는다.

개

몇 년간 날마다 때맞춰
개에게 밥을 주다가

문득!
깨달음 하나 얻었다.

아내는 내게 수십년간을
더 열심으로 밥을 해줬구나!

그렇구나, 나는
아내가 사육한 개였구나.

건축가

평생을
다른 사람들이 살 집만 짓다가
자신은 막상
남들이 만들어준 흙집의 지하 단칸방에
마지막 몸을 눕힌다

세상 사람들의 영혼의 집을 지어주는
언어의 건축가인 시인의 삶도
이와 다르지 않다.

그래, 그땐 그랬었지

그 옛날, 그러니까 반세기 훨씬 전
문학교본이란「현대문학」,「자유문학」외엔
순수한 열정과 방황뿐이었던 우리들.

일본어로 문학을 한 교수님들도
책에 있는 이론들을 피해서
당신들의 삶이 강의내용이었지만
그분들과 함께 했다는 사실만으로도
우린 지금도 가슴이 뿌듯하지.
책의 얘기만 하는 작금의 교수님들이
반세기 후에도 가슴에 살아 있을까.

그런데 그때도
원서를 읽는 친구들이 간간히 있어
원서를 읽지 못하던 나는
객기와 치기와 만용이 발동하여
그 원서의 저자들을 향해
이런 허풍을 일기에 남겼었지.

"당신들은 앞으로 한국어를 배워야 할 것이다.
  ― 김대규의 시를 읽기 위해서."

그때 원서를 읽던 학생들은
대개 평론가가 됐고,
그렇지 못한 우리들 중
가장 방황을 하던 몇몇은 시인이 됐지.

그래, 우린 지금도 크게 변한게 없지
방황은 계속되고, 어려운 이론은 피해서
사람들의 가슴속으로 들어가려고 애쓰고 있지.

내가 여든세 살이 되었을 때 —비틀즈에게

내가 여든세 살이 되었을 때
여전히 시를 쓰고, 독서도 할 수 있기를.
나보다 건강한 아내가 차려준 밥을 먹으며
당신은 참 좋은 시인이라는 말을 들었으면.
원망스런 사람들 이름 다 잊어버렸고
보고 싶다는 엽서 보낼 벗 몇몇은 남아 있기를.

내가 여든세 살이 되었을 때
지금 입는 외투가 그때도 잘 어울리고,
지금 보는 이웃들을 그때도 볼 수 있고,
지금 걷는 골목길이 그때도 그대로이기를.

내가 좋아하는 노래가사를 잊어버리지 않기를.
걸인에겐 동정심이 일고, 미인에겐 감탄하기를.
초청받은 행사에 걸어서 참석할 수 있기를.

내가 아플 때는
첫 키스 날짜를 기억하고 있는 아내가
나의 병상을 지켜주기를.

그리고 당신과 함께 했기에 보람 있는 인생이었노라고
내가 말해줄 수 있기를.
내가 여든세 살이 되었을 때.

내가 여든세 살이 되었을 때
애독자의 편지도 이따금 날아들어
고맙다는 엽서를 써서 보낼 수 있기를.
시인이 되겠다는 소년시절의 꿈을 이루어서
행복하노라 말할 수 있기를
그리하여 내 자식의 자식까지도
할아버지는 시인이라고 자랑스러워 해 주기를.
그리고 종이책이 전자책에 지지 않았기를.

老年期

두 돌 지난 손자 녀석이
할비 할비 하면서
나만 졸졸 좇아다닌다.
성가실 때도 있다.

나는 70 평생
詩만 졸졸 따라다녔다.
詩가 나를
귀찮아하지 않았을까

요즘에는 몇 몇 病들이
나를 졸졸 좇아다니고 있다.

老年의 詩

이제는 생각은 더 깊이
말은 느릿느릿 해야겠다.
늙었으니까.

이제는 더 쉬운 말들로
뒷생각을 더 하게 써야겠다.
늙은 시인이니까.

예컨대 정원에서 책을 읽으며
어려운 곳은 바람에게 물어본다든가,
찾아오는 이 없을지라도
마음은 늘 사람 골라 영접한다거나,
호화침대를 만드는 사람이
그 침대에서 자는 일은 없는 법이라거나.

그렇다.
나도 나의 시에서 쉴 수는 없으려니
다른 사람의 영혼이나 편케 해주었으면.

뉴타운

양지동 골목에까지 개발바람이 불어닥쳐
부모님이 나를 낳고, 내가 자식을 낳고
그 자식이 또 자식을 낳은 터전에서
냉큼 떠나가라는 것이다.

정원의 나무들이며 새소리 하며
헌 지붕 밑의 도둑고양이들이랑
텃밭의 지렁이들은 어쩔거나.
70년 넘게 걸은 골목길의
술 취해 부딪힌 전봇대하며
어릴 때 올라 놀던 나무는 어쩔거나.

마을 전체가 뉴타운이 된다고
주민여론조사를 하고, 추진위원회가 생기고
몇 푼돈에 두 편으로 쫙 갈려
어제 웃던 낯들이 언제 봤느냐로
세상이 뒤집힌 양 야단들이다.

뉴타운이 아니라 올드타운이어야 한다.

새로 지은 박물관이나 미술관보다
내게는 50년 넘은 자장면집이 더 소중하다.
아스팔트의 빗소리는 전 세계가 동음同音이지만
나뭇잎의 빗소리는 잎잎마다 다른 음계音階다.

태어난 집터에서 생을 마감하려는
내 앞날의 꿈은 허사가 되려는가.
사람들아,
지구 자체가 올드타운인데 어쩔 건가!

늙은 시인의 말 1

이제 나도 古稀가 되었다.
그러나 杜甫처럼 외상술값은 없다.
내 육신이 이리 늙었으니
나의 詩도 좀 늙어 주어야겠다.

늙으면 살아가는 게 다 독서다.
들리는 말은 말마다 잠언이요
매일의 役事가 곧 外経이라
누구의 絶句도 이른 바 없는
자연의 소리에는 밑줄을 쳐둔다.

살아보지 않고 써낸 虛辭들
어찌 詩로 남으랴.
나보다 더 늙은 시인들의 눈치를 살피면서
젊은 시인들에게 한두 마디 하련다.

시인의 탄생은 대저 운명이거니
가을 노래는 서둘러 부르지 말거니와

네 자신의 문단에 등단하기 전까지는
시인입네 하지 마라.

늙은 시인의 말 2

이만큼 살았으니
세상은 다
너희들 가져라.

기왕에 시를 썼으니
세상의 종이
조금만 더 버려놓고 가겠다.

이제 내 삶의 바다에
상상의 큰 배를 띄우기는 어렵지만,
영혼의 수심水深은 더 깊어져
가슴을 가르면 거기서
외로움의 원유原油가 솟구쳐 오를 것이다.

시인들이여, 잊지 마시기를
외로움만한 지기知己가 다시없음을.

늙음에 대하여

생각해 보느니 지난날들은
열망으로 詩를 찾아 헤맸는데
이제는 詩가 찾아오기를 기다린다.
한 마디로 늙었다는 말이다.

늙음은 詩에 제격이다.
선언이나 주장은 할 필요도 없고,
새 책은 서둘러 읽지 않아도 되고,
남의 잘 쓴 詩도 샘이 덜 나고,
눈에 들지 않던 것들
일테면 죽음의 뒷모습도 얼핏 볼 수 있다.

그렇다.
젊음의 사랑은 찾아 헤매는 것이요
노년의 그것은 함께 하는 것이다.
詩는 더 그러하다.

떠나다

태어난 집터를 떠난 적이 없습니다.

詩를 떠난 적도 없습니다.

病도 떠난 적이 없습니다.

담배와 술은 뒤늦게 떠났습니다.

삶은 늘 떠날 준비를 하고 있습니다.

문학선생

문학선생 노릇을 참 오래 했다.
그 동안 깨우친 것이
몇 가지 있다.

첫째는, 나도 잘 모르는 걸
더 많이 얘기했다는 것.
둘째는, 시란
가르치거나 배우는 게 아니라는 것.
셋째는, 좋은 시와 좋은 삶은
비례하지 않는다는 것.

한 마디만 더 하겠다.
선생보다 뛰어난 학생이 있어야
뛰어난 선생이 될 수 있다는 것.

밥값, 詩값

오늘은
밥값을 했다.
정원의 잡초를
다 뽑았다.

그러나 지금까지 시를 쓰면서
詩값은 못하고 살아왔다.

내 영혼의 뜨락엔
아직도 잡초가 무성하다.

선후배 바뀌다 ─최인호와의 추억

우리 나이 한창일 때
누군가의 출판기념회가 끝나고
2, 3차로 만취가 된 그에게 이끌려
신촌 어느 골목의 하숙방으로 갔다.

좁은 문간방에 들어서자 벽에 책들이
피사의 사탑모양 아슬하게 쌓여 있다.
저러다 책에 깔려 죽겠다고 하자
그가 말했다.

"글쟁이가 그이상의 행복한 죽음이
　어딨겠어요, 선배님!"

그는 이제
자신의 저서만으로도 충분히 덮여 잠들어 있다.
살아선 그가 후배였지만
저 세상에선 그가 선배님이시다.

소월을 생각노라면

나이 들어서야 깨달은 바
시집 십여 권 낸 일,
문학상도 몇 개 받은 일,
이런저런 감투도 썼던 일
다 허사로다, 다 부질없어라.

나의 시집 다 합쳐도
『진달래꽃』 한 권에 불감당이고,
나의 시 다 모아도
「엄마야 누나야」 한 편에 못 미침에랴.

내 이름은 고작
시집 표지에나 찍혀 있지만,
문인주소록에도 없는 소월은
만인의 가슴에 살아 있구나.
곱절을 더 살고도 이 모양이니
어찌 시인입네 입을 뗄까.

시인 축복받다

육신에 병 깊으니
시인이란
시만 쓰는 사람 아님을 알겠구나.

시인들이여,
시의 소명은 다하지 못했을지언정
시인이란 호명을
참으로 아껴 기려왔는가

마음 비운다는 말
이제 알고 보니
죽음도 편히 들어앉힌다는
바로 그 말이었구나.

어렵게만 들리던
병은 축복이라는 말도
남보다 더 잘 깨달아야겠구나,
시인이니까.

시인은 술에 취해야 힘이 세다

내 안에는
한 시인과 한 인간이
동거하고 있다.

그들은 사이가 좋지 않아
평생을 싸웠다.
지는 건 언제나 시인 쪽이다.
꿈 속에서거나 술자리에서라야
시인이 이긴다.

그렇다.
꿈이나 술에서 깨어 있는 사람은
시인이 아니다.

조국이 술을 마시게 했을 때
시인들은
그 얼마나 힘이 셌던가!

시인은 슬프다

이제는 어디서나 마음 편히
담배 한 대 피우기 어려운 때가 되었다.
말해 무엇하랴
옆집에서 사람이 죽어나가도 무심하다.
그러고도 詩는 모른다는 그대는 누군가.

옛날엔 그래도 만취하면 노상방뇨에
하느님에게 삿대질도 했건만
요즘엔 그 잘난 유행가 한 자락도
소리 높여 불렀다간 곧바로 112다.
그러고도 詩는 필요 없다는 그대는 누군가.

모두가 컴퓨터에 매달려
사랑도 게임으로 한다.
연애편지를 쓰지 않는 소년 소녀들
앞으로 아름다운 시인은 절대 탄생하지 못하리라.

아, 밤을 새워도
시 한 편 얻어내지 못했던
그때가 못내 그립구나.

시인의 눈

사랑의 장기이식 본부에
각막이식 서약을 했습니다.
다른 장기들은 술과 담배로 찌들어
각막만 제공했습니다. 미안합니다.

첫 윙크를 보낸 여인과 지금까지 살면서
마음이 여려 눈물도 잘 흘렸지만
나쁜 것들은 보지 않으려고 애썼으니
어느 분이든 세상을 아름답게 보실 수 있을 것입니다.
혹시 해서 제 안경도 따로 두겠습니다.

한 가지 부탁드릴 일이 있습니다.
저는 평생 책만 읽고 살았답니다.
저의 독서생활이 이어질 수 있도록
가끔 책을 읽어 주셨으면 합니다.
시집이면 더욱 좋겠지요.

시인의 눈이었으니까요.

시인의 말 —강영서 시인에게

나이가 들수록
마음의 짐
가볍게 해야 합니다.

다 내주어 텅 빌 때까지
자꾸자꾸 내주어야 합니다.
더 물러서서 홀로일 때까지
자꾸자꾸 물러서야 합니다.

더 그립기 위해
세상에서 멀어지는 연습
거듭거듭 해야 합니다.

더 외롭기 위해
사람에게 지는 연습
거듭거듭 해야 합니다.

당신의 말씀들
참 그윽한 詩입니다.

시험

학창시절엔 왜
시험 때만 되면
그리 할 일이 많아지던지.

이순耳順의 고개마루에서
뒤돌아보느니
풀지 못한 문제들이
태산처럼 쌓여 있구나.

인생은
끝나지 않는 시험기간.
문제를 다 푼 양
세상을 일찍 빠져나간 이들의 답안지는
정답으로 채워져 있을까.

약력

약력만으로는 시인을 알 수 없다

어느 시인을 가장 좋아 했는지
어떤 노래를 잘 부르는지
술은 몇 밤이나 마시는지
담배는 끊었는지
몇 여자(남자)를 울렸는지
버림도 당해 봤는지
안 보이는 데선 혼자 우는지
오랜 기간 입원도 해 봤는지
홀로 여행도 하는지
밤 새워 책을 읽는지
시집을 훔치기도 했는지
굶기도 해 봤는지
혼자 사는지
첫눈이 내리면 무작정 뛰쳐나가는지
빗속을 마냥 걷기도 하는지
목욕하는 여자를 훔쳐보기도 했는지
어둔 밤길에선 방뇨도 하는지

고향에 그대로 사는지
원고지에 쓰는지
마음속에 죽일 놈이 있는지
원망하는 사람을 끌어안아 봤는지
유치장 신세도 져 봤는지
이민을 가려고 했는지
자살을 꿈꾸고 있는지

등단년도, 학력, 저서, 수상내역 등으로만
어찌 시인됨을 알 수 있으랴.

왜 하느님은 밤을 만드셨을까?

하느님은 밤을 왜 만드셨을까?
별을 보고 잠들라고.
잠을 자며 꿈을 꾸라고.
집 없는 사람은 호텔사장이 되는 꿈을,
어머니가 없는 아이는 고아원 원장의 꿈,
굶고 잔 사람은 식당 주인의 꿈,
매 맞는 아이는 케이원(K 1) 챔피언의 꿈,
참호 속의 병사는 적들도 가족이 되는 꿈을.

하느님은 왜 밤을 만드셨을까?
연인들, 시인들, 도둑에게도
똑같은 분량의 어둠을 나눠 주시려고.
그리고 각자 가슴을 두근거리라고.
가슴이 뛰어야 아기도 만들고, 시도 나오는 것이라고,
남이 잠들기를 기다리는 사람은
가슴을 더 두근거리라고.
그 전기로도 밝힐 수 없는 어둠을
누군가가 영혼의 등불로 밝혀 주라고.

왜 하느님은 밤을 만드셨을까?
오늘이 지상의 마지막 밤이라 생각하고
그 영원한 잠을 위해
아주 편히 눕는 연습을 하라고.
그래야 아침 식사에 더 감사한다고.
그래야 언제나 첫날이라고.

인종 분류법

세상에는 두 종류의 인간이 있다.

세상에는 두 종류의 인간이 있다고 믿는 사람들과
세상에는 두 종류의 인간만 있는 게 아니라고 믿는 사람들.

세상에는 두 종류의 인간이 있다고 믿는 사람들은
두 편으로 갈려 서로 손가락질을 하고,
세상에는 두 종류의 인간만 있는 게 아니라고 믿는 사람들은
서로 다름에서 동등하다고 한다.

세상에는 두 종류의 인간이 있다고 믿는 사람들은
죽어서야 한 종류가 되고,
세상에는 두 종류의 인간만 있는 게 아니라고 믿는 사람들은
죽어서도 서로 다른 삶을 산다.

조영남의 '옛생각'

좀 지난 일이지만, 술을 마시고
조영남의 '옛생각' 노래를 부르다가
느닷없이 흐느껴 운 적이 있다.

그 옛날 「시와 시론」을 함께 하던
김정수, 김옥기, 안진호. 박석수
먼저 세상을 떠난 동인들이 울컥 그리웠기 때문이었다.

무명시인들이었지만
무명용사처럼 당당하게 외로웠던 우리들
그 외로움의 힘으로 우리는 많은 선언을 했다.
이런 선언도 있었다.
"우리는 시의 여당으로서 시단의 야당원임을 선언한다."

많은 사람들이 함께 하지 않는 슬픔을
몇몇이서만 나눠야만 하는 것이
더 가슴 아픈 법.
당신들에게도 그런 일이 있으려니

슬픔을 이겨낼 힘은 오직 깊은 외로움뿐.

조영남의 '옛생각'을 노래하다가
울지 않는 사람은 좀 이상하다.

죽음에 대하여

조금 가까이 와서 보니
죽음은 無色이구나.
멀리서 본 사람들이
검다고들 했구나.

좀 더 가까이 와서 보니
죽음은 無言이구나.
아무 대꾸도 없으니까
사람들 말이 많았구나.

아주 가까이 와서 보니
죽음은 無形이구나.
그 안으로 든 사람들
영 보이질 않는구나.

지옥과 천당

내가 만일 지옥에 가게 되어
"뭘 했기에 이곳으로 왔는고?"라는 질문을 받는다면
"예, 저는 詩만 썼습니다."라고 대답할 것이다.

내가 어쩌다 천당에 가게 되어
"뭘 했기에 이곳으로 왔는고?"라는 질문을 받는다면
"예, 저는 詩를 썼습니다."라고 대답할 것이다.

에피그램 Epigram

생의 이쯤에서 한마디 하겠다.
사람 때문에 가슴 아픈 일 생기면
다음을 생각하라.

최악의 복수는 원망이고,
최적의 복수는 묵살이며,
최고의 복수는 용서이고,
최선의 복수는 포용이며,
최상의 복수는 망각이다
.
이런 경구류는 시가 아니다.
나의 시는 원래 그렇다.
시가 아니어도
누군가 마음의 고개를 끄덕인다면
어줍잖은 시들보다는 낫지 않을까.

아까운 세상

내 손에 한 번 들어왔던 건 버리지 못한다

헌 책 한 권,
헌 옷가지 한 벌,
뭔가 끄적거려 놓은 종이쪽지도 모아 둔다

한 번 먹은 나이 버릴 수 없듯
사람은 더 끌어안았다
그 중에 가장 못 버린 것은 詩다

머지않아
이 세상, 이 세월 몽땅
남겨 놓은 채로
나 이 세상을 떠나리라

요강

수세식 변기에 걸터앉아
요강을 떠올린다.
봄 여름 가을에는 잊었다가
매서운 바람의 겨울이면 생각난다.

추억으로 아픔이 으뜸이었던가
6 · 25 땐 머루, 가재로 끼니 때우고,
1 · 4 후퇴 땐 걸식으로 연명도 했지

문고릴 잡으면 손이 쩍쩍 달라붙고
아우들은 물려 입은 옷가지를 벗어
불에 쐬어 이를 잡던 화롯불이며,
덧기운 양말을 껴 신고자도 추워서
식구들이 발을 포갤 때쯤
아궁이에 불을 지피시던 어머니.

손수건만한 유리창의 성에를 호호 녹이며
손가락으로 써보던 옆자리 계집애의 이름은
지금도 또렷한데,

걸터앉은 요강 위에서
그대로 잠이 들던 막내도 이젠 늙었구나.
오, 세월이여, 냉엄한 시간의 집행자여!

모든 게 꽁꽁 얼었던 나의 유년기가
오늘은 왜 이리도 콧물을 녹이는가.
지구의 온난화는 요강 속에서 이미 시작됐던가.

두 기념일

내가 내 돈으로 첫 담배를 산 건
1962년 10월 15일 밤10시, 서울역에서.
그 담뱃갑을 지금도 기념으로 갖고 있다.
그런데 또 이렇게 쓰게 됐다.
2011년 2월 7일 밤10시, 서재.
담배와 이별하다
50년 넘게 피워온 담배를 끊었다.
그 마지막 담뱃갑도 갖고 있다.

좀 더 살아볼까 해서 끊었다.
약간 비굴하다는 자격지심,
담배를 배반한 느낌이다.
담배야, 용서해 다오!
온몸이 너를 찾고 있지만
손가락 사이로 너를 맞을 수가 없다.

詩가 점점 가까이 온다

이젠 나이도 어지간하니
먼 것에서는 마음 거둬들이고
내 가까이 있는 것들을 챙겨
詩에 담아야겠다.

예를 들면
먹은 건 뱉기만 하는 손톱깎이라든가
온종일 한 마디도 없기 일쑤인 핸드폰,
내 영혼보다 내 詩를 더 밝혀준 등불,
주인의 내방만을 기다리는 원고지들,
내 꿈의 숙주宿主인 베개 같은 거 말이다.

아, 요즘 내 몸을 기웃거리는 병들도
詩 안으로 불러들여야겠다.
여러 번 경험해서 알지만
서운하게 대하면 더 힘센 병을 데리고 온다.

| 김대규 시인 약력 |

■ 학력 및 경력

경기도 안양 출생(1941. 4. 20)

1954. 2. 안양초등학교 졸업

1957. 2. 안양중학교 졸업

1960. 2. 안양공업고등학교 졸업

1964. 2. 연세대학교 국문과 졸업

1971. 2. 경희대 대학원 국문과 졸업

시집『靈의 流刑』으로 등단(1960)

안양여고 교사(1964~1972)

연세대 · 덕성여대 강사(1972~1976)

안양상공회의소 사무국장(1976~1993)

한국문인협회 안양시 지부장(1971~2009)

예총 안양시 지부장(1990~2000)

중부일보 논설위원(1994~1995)

한국문인협회 경기도 지회장(1995~1997)

경기대학교 문예창작대학원 강사(1996)

경기문화재단 자문위원(1998~2005)

안양대학교 겸임교수(1998~2001)

안양시민신문 회장(2002~2010)

안양문화예술재단 이사(2008~2014)

안양예총 · 안양문인협회 명예회장(2008~2018)

■ 저서

— 시집

『靈의 流刑』혹인사 1960. 3

『이 어둠 속에서의 指向』문예수첩사 1966. 12

『陽智洞 946番地』문예수첩사 1967. 7

『見者에의 길』시인사 1970. 12

『흙의 思想』동서문화사 1976. 5

『흙의 詩法』문학세계사 1985. 10

『어머니, 오 나의 어머니』해냄출판사 1986. 5

『별이 별에게』영언문화사 1990. 8

『작은 사랑의 노래』한겨레 1990. 9

『하느님의 출석부』한겨레 1991. 4

『짧은 만남 오랜 이별』문학수첩 1993. 7

『누가 지상에 집이 있다 하랴』솔래 1994. 12

『어찌 젖는 것이 풀잎 뿐이랴』시와시학사 1995. 3

『흙의 노래』해냄 1995. 4

『사랑의 노래』해냄 1995. 4

『가을 小作人』우인스 2001. 5

『외로움이 그리움에게』도서출판 시인 2010. 9

『나는 가을공부 중이다』도서출판 시인 2010. 10

『시인열전』토담미디어 2016. 11

— 산문집

『詩人의 편지』(공저) 청조사 1977. 10

『詩人의 에세이』안양출판사 1979. 9

『젊은이여, 사랑을 이야기하자』중앙일보사 1986. 12

『사랑의 팡세』 전4권 한겨레 1989. 6

『살고 쓰고 사랑했다』 시인사 1990. 9

『나의 인생, 팡세』 문학수첩 1992. 5

『사랑과 인생의 아포리즘 999』 해냄 1997. 9

『당신의 묘비명에 뭐라고 쓸까요』 우인스 2007.12

『늙은 시인으로부터의 편지』 한강출판사 2010. 11

『시는 내게 과분한 축복이었노라』 도서출판 시인 2016. 12

— 평론집

『無意識의 修辭學』 해냄 1992. 12

『안양문학사』 우인스 2005. 12

『해설은 발견이다』 종려나무 2010. 7

■ 수상

연세문학상(1963)

흙의문예상(1985)

경기도 문학상(1987)

안양시민대상(1988)

경기도 예술대상(1988)

경기도 문화상(1990)

경기도민대상(1992)

편운문학상(1994)

한글문학상(1996)

후광문학상(1998)

한국시인정신상(2001)

| 안양 관련 문예활동 내용 |

Ⅰ. 총괄

1941년(호적상 1942년) 안양에서 출생한 文鄕 김대규 시인은 고교(안양공고) 졸업기념 첫 시집인 『靈의 流刑』(1960)을 간행하면서 문학활동을 시작한 이래, 안양지역에서 다음과 같은 활동을 펼침.

「시와 시론」 동인회 주간 (1966~1972)

안양문인협회 창립, 회장 (1971~2009)

관악백일장 주관, 주최 (1971~2009)

안양여성백일장 심사, 주관 (1978~2009)

안양여성문인회 창설, 지도 (1978~2018)

글길문학회(구·근로문학) 창설, 지도 (1980~2018)

안양문화원 이사 및 자문위원 (1980~2018)

안양예총 창립, 회장 (1990~2000)

문향동인회 창설, 지도 (1996~2018)

안양시민축제 집행위원장 (2001~2004)

「안양문학사」 집필 발간 (2005)

안양문화예술재단 이사 (2008~2015)

안양예총, 안양문인협회 명예회장 (2008~2018)

II. 조형물 문안 부문

안양시민헌장비 (안양시청)

현충탑 진혼시 (현충탑)

독립유공자 기념탑 헌시 (자유공원)

故 윤국노 의원 묘비 추모시 (청계산)

6·25 참전공적비 헌시 (평촌도서관 옆 공원)

베트남참전용사 기념탑 헌시 (운곡공원)

안양정기 (예술공원)

만안각기 (석수동)

노동교육원 준공 기념탑시 (여주)

III. 작사 부문

1. 안양시민의 노래 (김동진 작곡)

2. 안양시 로고송

3. 안양시 시승격 40주년기념 합창곡 「안양판타지」 작사

(김준범 작곡)

4. 애향동요 　　　· 여기가 안양이다

　　　　　　　　· 새처럼 별처럼

5. 교가   · 안양과학대학교

· 호성초등학교

· 제일실업고등학교

· 호암초등학교

· 전진상좀머스쿨

6. 사가社歌   · 풍강금속공업(주)

· 캐피코(주)

· 삼아약품공업(주)

· 대영모방(주)

· 광성기업(주)

· 삼아알미늄(주)

· 한진화학공업(주)

· 협동화학(주)

· 중앙제지(주)

7. 시노래   · '엽서' (노용문 작곡)

· '가을의 노래', '사랑잠언' (최창남 작곡)

· '사랑의 무인도' (조운파 작곡)

· '사랑잠언' (이현섭 작곡)

· '구름에 바람에' (이현섭 작곡)

· '사랑이란' (이현섭 작곡)

· '나무' (최창남 작곡)

· '두개의 짐' (국현 작곡)

· '가을의 노래' (국현 작곡)

· '지금 이대로, 그냥 그대로' (국현 작곡) /추모 헌정곡

8. 기타   · 새안양회 회가

             · 대동문고의 노래

             · 신영순병원의 노래